Harald Martenstein Jenny Erpenbeck
Konstantin Richter Katja Lange-Müller Ute Krause

Ein Berliner Weihnachtsmärchen

cadeau

Letzte Chance für die Liebe

Weihnachten, Sie wollen wissen, was ich an Weihnachten mache? Ich arbeite an Weihnachten. Ich bin Weihnachtsagent. Sagen Sie bloß, Sie haben noch nichts von den Weihnachtsagenten gehört. Die Zeitungen waren doch voll davon, vor ein paar Jahren, als das mit uns anfing. Na gut. Ich erkläre es Ihnen.

Weihnachten ist ein schwieriges Fest geworden. Mit das schwierigste, würde ich sagen. Fest der Familie! Fest der Liebe! Da will man zusammen sein. Da will man Nähe. Da möchte man kuscheln und in gemeinsamen Erinnerungen

rumwühlen. Nur, wer hat das heute schon? Fünfundsechzig Prozent Singles, fünfundsiebzig Prozent Einzelkinder, das sind die Zahlen hier in Berlin. Eine Zeitlang sind die meisten Leute immer zu ihren Eltern gefahren, da haben dann irgendwann sechzigjährige Kinder bei den neunzigjährigen Eltern unterm Baum gesessen, allesamt alt wie ein Baum, und auf allen Köpfen schimmerte es weiß. Weiße Weihnacht! Aber dadurch, dass die Leute, wenn überhaupt, sogar ihr Einzelkind heutzutage meistens erst in fortgeschrittenem Alter bekommen, wird das Feiern mit den Eltern immer schwieriger.

Unser kleines Büro liegt im Prenzlauer Berg am Helmholtzplatz, rundherum sind nur Bars, Lofts und Lounges. Wir stellen für Weihnachten Familien zusammen. Sie kommen zu uns und sagen, hey, ich will an Heiligabend eine Ehefrau. Oder einen Ehemann. Soundso alt, Beruf, Aussehen, ich will drei Kinder, ich will eine liebe Oma, ich will fünf Schwestern und ich will einen Onkel, der lustig ist und Klavier spielen kann. Kein Problem. Das haben wir im Computer. Wir gleichen die Familien charakterlich ab, damit es, zumindest sehr wahrscheinlich, keinen Streit gibt, wir sorgen dafür, dass unsere Familie von den Essens- und von den Trinkgewohnheiten her zusammenpasst, vom Bildungsniveau und den politischen Ansichten her, und dass es ein paar Parallelen in der Biographie gibt. Wenn die alle mal in Amerika studiert haben, alle ein bisschen phlegmatisch sind und alle Vegetarier, die gerne Scrabble spielen, ist das schon fast der Idealfall. So eine harmonische Familienweihnacht würden Sie, selbst wenn Sie tatsächlich noch eine Familie besitzen, auf natürliche Weise gar nicht hinbekommen. Das ist wie Skifahren in der Halle oder wie plastische Chirurgie, bigger than life.

Die Kinder sind natürlich am schwersten zu kriegen, aber wir haben da eine sehr gute Partneragentur in der Dominikanischen Republik. Die Kinder können alle mindestens »Mama«, »Papa«, »Jesuskind« und

KLAVIERO
BORDEAUX
B.F.A.
ANGESTELLTER
EMANUEL
+
JUANITA

»Danke« sagen, dafür wird gesorgt. Sie können auch die totale Illusion buchen, dann schreibt uns ein namhafter Schriftsteller eine Familiengeschichte mit zahlreichen individuellen Details, zum Beispiel, wie Sie Ihren Partner damals kennengelernt haben, natürlich extrem romantisch, wo und wann Sie sich im Urlaub beim Wandern mal verirrt haben, Sie haben Beschreibungen von gemeinsamen alten Freunden, von überstandenen Krankheiten der Kinder, lauter Detailwissen, das man sich normalerweise in einer Partnerschaft erst mühsam erarbeiten muss. Wir pflanzen Ihnen das mit einem Chip ins Hirn, keine Angst, lokale Betäubung

reicht. Einigen Kunden gefällt das so gut, dass die Paare auf der Basis dieser Story sogar noch ein paar Monate zusammenbleiben, manche feiern zusammen sogar noch ein zweites Weihnachten, das gibt es zum halben Preis. Aber danach trennen sie sich eigentlich immer, weil halt irgendwann doch die echte Persönlichkeit durchkommt, und dann sind sie desillusioniert.

Klar, es gibt auch Kritik. In der Presse stand über uns dieses abfällige Wort »One-Christmas-Stand«. Ich sage dann immer, ich erfülle ein Bedürfnis. Bedürfnisse sind nicht kritisierbar. Bitte sehr, feiern Sie halt mit Ihren Freunden, sofern die nicht gerade aus Karrieregründen in Dubai sind, sofern Sie genügend alte Freunde haben oder sich Bekannte, die Sie seit vier Jahren hin und wieder zum Essen treffen, zu »alten Freunden« schönschminken können. Wenn Ihnen unsere Dienstleistung zu glatt und zu künstlich vorkommt, okay, wir können das auch ein bisschen aufrauen. Die Bioversion sozusagen, dann schicken wir Ihnen einen streitsüchtigen Onkel, der rechtsradikale Ansichten hat und starken Körpergeruch, da wird es garantiert nicht langweilig, aber keine Angst, das bleibt alles im Rahmen. Sie kriegen ein Codewort, sobald Sie das Codewort zu dem Onkel sagen, mäßigt er sofort seine Ansichten und geht ins Bad, um sich ein frisches Hemd anzuziehen.

Wenn ich von unserer Filiale in Dubai komme, denke ich immer: Phantastisch, wie unser Berlin sich entwickelt hat. London ist nix dagegen. Berlin ist die jüngste und kreativste Stadt Europas, und eine der wirtschaftlich erfolgreichsten. Es wird natürlich trotzdem gemeckert. Das Paradies auf Erden ist Berlin sicher nicht. Die Alten leben alle alleine im Wedding, die Jungen leben alle alleine in Mitte, die Reichen leben alle alleine in Potsdam, da finden sich wenige Berührungspunkte und viel Einsamkeit, um nicht zu sagen traurige Schicksale. Deswegen gibt es unter anderem ja die Weihnachtsagentur, wir bringen die Menschen wenigstens ein Mal im Jahr zusammen. Zum Casten von unseren Omas und Opas bin ich manchmal im Wedding. Der Bezirk ist mit fünf-

undachtzig Prozent über Fünfundsechzigjährigen und davon achtundachtzig Prozent Singles eine internationale Sehenswürdigkeit geworden, das hängt mit den niedrigen Renten und den noch relativ niedrigen Mieten zusammen. Da fahren Busse mit arabischen Touristen durch, die filmen am liebsten die Parks und Sportplätze, wo lauter Neunzigjährige joggen, zusammen mit ihren Pflegern an den Mülltonnen grillen oder Volksmusik machen, das finden die Araber drollig. Leider werfen die Alten oft Steine nach den Bussen. Na, viel Power steckt zum Glück nicht dahinter. Der Wedding ist wie die frühere Bronx von New York, nur in Alt.

Unsere Agentur ist 2025 gegründet worden, das heißt, es gibt uns schon ein Weilchen. Wir haben Routine, uns haut nichts um, da darf ruhig mal der Baum brennen oder die Biogans explodieren. Aber jetzt ist etwas definitiv Seltsames passiert. Ein Mann kommt in die Agentur, Mittelalter, Bart, Brille, kleiner Bauch, Vollbild Lehrer, und sagt, dass er der Weihnachtsmann ist. Der echte. Er sagt, das gehe so nicht weiter. Ob wir hier unten eigentlich denken würden, Gott sei senil und kriege nichts mehr mit. Weihnachten sei doch nur noch eine Farce. Keine echte Liebe. Simulierte Familien. Stress. Gott hätte beschlossen, Weihnachten abzuschaffen, die Menschen würden Weihnachten einfach ver-

gessen und stattdessen im Sommer ein neues Fest feiern, Einachten, ein Fest, bei dem jeder vierundzwanzig Stunden für sich alleine bleibt und eine ganze Nacht lang nur an sich selber, seine Befindlichkeit, seine Karriere, sein Image und seine Bedürfnisse denkt und sich feierlich einen lang gehegten Konsumwunsch erfüllt.

Ich sage: »Wie öde, um Gottes willen.«

Der Weihnachtsmann sagt: »Ja, genau. Öde.« Aber wir hätten noch eine Chance. Gott hätte beschlossen, dass er den Menschen das Fest der Liebe belässt, falls es gelingt, in einer modernen, hippen, superheißen, jungen Großstadt, also in Berlin, den wahren Geist der Weihnacht zu finden.

»Sie sind mir empfohlen worden«, sagt der Typ. »Also los, retten Sie Weihnachten.«

Ich antworte, dass ich im Prinzip jede Dienstleistung im Zusammenhang mit Weihnachten anbiete, aber dass ich nicht genau verstehe, was er mit dem »wahren Geist der Weihnacht« meint. »Wer oder was soll das denn sein?«

»Da geht's schon los«, sagt der Typ. »Finden Sie es heraus.«

Die frohe Botschaft

Nachdem ich zweieinhalb Stunden neben einem schweigenden Afrikaner gesessen und gleichfalls geschwiegen habe, wird unter der Tür der Ausnüchterungszelle im Ostbahnhof ein Zettel zu uns hereingeschoben. Der Afrikaner rührt sich nicht und wirft nicht einmal einen Blick auf den Zettel. Ich hebe den Zettel auf und lese:

Er äußert sich all seiner G'walt,
wird niedrig und gering
und nimmt an sich eins Knechts Gestalt,
der Schöpfer aller Ding'.

Ohne in diesem Moment darüber nachzudenken, ob mein Leidensgenosse Deutsch versteht oder nicht, muss ich meiner Empörung einfach Ausdruck verleihen. »Diese Werbefuzzis sind doch das Erbarmungsloseste, was es gibt auf der Welt! Wissen die schon wieder, wo ich gelandet bin, diese Gangster!«

Stille. Der Afrikaner sagt nichts, er schaut mich nicht einmal an.

»Statt meiner«, sage ich zu dem Afrikaner, während ich den Zettel

zusammenknülle und zu Boden werfe, »statt meiner müsste dieser Kerl hier sitzen, dieser angebliche Weihnachtsmann, dieser Betrüger mit seinem fadenscheinigen Lehrergesicht.«

Der Afrikaner schaut mich noch immer nicht an, aber das ist mir jetzt auch egal, ich sage: »Den ›wahren Geist der Weihnacht‹ finden! Ja, wo denn? Ich bin doch nicht der Erlöser, nur weil ich eine Weihnachtsagentur habe! Ich hab dem Kerl ganz klar gesagt: Ein Jahresumsatz macht sich nicht von allein, während der Chef des Unternehmens in einer vergilbten Ausgabe von *Das Kirchenjahr* blättert! Von sozialer Kompetenz hat der Typ sicher noch nie was gehört, so viel steht fest.«

Der Afrikaner schweigt.

Ich sage: »Und ich bin so blöd und renn dem noch mit seinem Regenschirm hinterher, den er bei mir vergessen hat, aber statt sich zu bedanken, murmelt der: ›Ganz schön dunkel hier auf der Erde.‹ Schwachsinniges Zeug murmelt der, statt mich darauf hinzuweisen, dass in genau diesem Moment die Tür meiner Agentur hinter mir zufällt. Heimtücke, sage ich Ihnen! Hinausgelockt hat er mich! Von draußen sehe ich mein plötzlich unerreichbar gewordenes, hell erleuchtetes und leeres Büro, und als ich

mich wieder umdrehe, ist der Alte verschwunden! Ich zum Hintereingang, im Regen wird aus meinem hellblauen Hemd ein dunkelblaues, aus meinem gegelten Haar nasses, die echtledernen Sohlen meiner englischen Schuhe saugen sich echt voll mit Wasser. Der Hintereingang gleichfalls geschlossen. Ein kleiner Zettel klebt von innen am Glas, auf dem stehen vier Zeilen:

Er wechselt mit uns wunderlich:
Fleisch und Blut nimmt er an
und gibt uns in seines Vaters Reich
die klare Gottheit dran.

Ich sage Ihnen«, sage ich zu dem Afrikaner, »die Methoden dieser Werbefuzzis sind heutzutage radikaler als jede Revolution.«

Der Afrikaner setzt sich jetzt so, dass er seine Beine übereinanderschlagen kann.

Ich sage: »Um den Zettel zusammenknüllen zu können, hätte ich erst einmal ins Haus kommen müssen. Aber als ich mit einer Büroklammer, die in meiner Hemdtasche steckt, am Schloss herumzuwerkeln beginne, geht die Alarmanlage los. Gut, wenn die Polizei kommt, denke ich, aber in diesem Moment packt mich eine Hand von hinten und zieht mich ins Gebüsch auf dem Hof.«

Verlasse dich niemals auf den Regen! Niemals! Denn auch im Regen bewohnen die Banden die Höfe des Prenzlauer Bergs. Seit sämtliche Häuser des Viertels zentral verriegelt und die Straßen durch Polizeistreifen kontrolliert werden, haben die Einbrüche zwar abgenommen, aber die wilden Bewohner der Höfe und Grünanlagen, in der dritten Generation arbeitslos, vermehren sich unübersehbar, gründen Familien im Schutz der Blätter, kleiden sich, wenn sie nichts anderes haben, in Kleider aus Bambusgras, das sie bei halsbrecherischen Klettertouren auf den Terrassen der Wohlhabenden erbeuten, sie schieben ihre Kinder in gestohlenen Einkaufswagen durch die Stadt, ernähren sich in der warmen Jahreszeit von weggeworfenen Eiswaffeln und während des Winters wohl auch vom Müll.

»Innerhalb von Sekunden bin ich

nackt, ganz und gar nackt! Im Dunkeln kann ich nicht einmal sehen, wer meine Hose nimmt und wer mein Hemd, wer mein Unterhemd und wer die englischen Schuhe«, sage ich zu dem Afrikaner.

»Meine Unterhose blitzt zwischen den Büschen noch einmal auf, ach, hätte ich meine Agentur doch rechtzeitig ins elegante Neukölln verlegt! Eines ist klar, so kann ich der Polizei nicht unter die Augen treten: *Weihnachtsagent wegen exhibitionistischen Verhaltens in U-Haft* – nein danke!

Stattdessen muss ich, im Laub versteckt, mit ansehen, wie die Hintertür meines Büros von zwei Polizisten kontrolliert wird, wie die Polizisten den Hof wieder verlassen und die automatische Zeitschaltuhr die Rollläden meines Büros pünktlich um dreiundzwanzig Uhr herunterfährt. In meinem Zustand kann ich weder zu Fuß nach Haus gehen noch ein Taxi rufen, Telefon und Schlüssel zu meiner Wohnung liegen jenseits auf meinem Schreibtisch. Und das mitten im Winter!«

»Vielleicht wussten Sie nicht«, sagt plötzlich der Afrikaner und blickt

mich zum ersten Mal an. »Vielleicht wussten Sie nicht, dass Ostern als Werk des Sohnes gilt, Pfingsten als Werk des Heiligen Geistes, Weihnachten aber als das Werk des Vaters?«

»Nein, das wusste ich tatsächlich nicht«, sage ich und bin doch recht überrascht, von diesem Afrikaner, der seit mittlerweile drei Stunden die Ausnüchterungszelle in der Unterführung des Ostbahnhofs mit mir teilt, plötzlich in hervorragendem Hochdeutsch angesprochen zu werden. Dann war er meiner Erzählung also gefolgt, mochte auch seine Interessenlage etwas anders strukturiert sein als die meinige. »Nein«, sage ich und denke an den großen Koffer in meinem Keller, in dem meines ver-

storbenen Vaters Skizzen zu vielen, der Menschheit unbekannt gebliebenen Erfindungen seit Jahrzehnten auf ihre Entdeckung warten. Lange schon war ich nicht mehr in dem Keller. Ist Weihnachten vielleicht doch eine Erfindung? Oder gar eine Strafe?

»Vielleicht wissen Sie ebenso wenig«, setzt der Afrikaner hinzu, »dass das Weihnachtsfest dem Sonnenjahr folgt und nicht wie das Osterfest dem Mondjahr?«

»Nein«, sage ich und bin jetzt nicht ganz im Klaren darüber, was der Mann eigentlich von mir will, » nein – tatsächlich, auch das war mir nicht bekannt.«

Hatte dieser Ausländer vielleicht doch ein Messer im Strumpf? Würde er mich, nachdem ich seine Fragen sämtlich mit Nein beantwortet hätte, von oben bis unten aufschlitzen? Ganz offensichtlich hatte er einen hervorragenden Deutschkurs belegt, aber ebenso offensichtlich zielten seine Fragen auf irgendetwas ab, das mit unserem Aufenthalt in der Ausnüchterungszelle des Ostbahnhofs nun wirklich nicht das Geringste zu tun hatte. Wenn er nun irre war, sollte ich dann nicht lieber versuchen, mitzuspielen und ihn zum Beispiel fragen, ob er wisse, warum die Heilige Nacht nach 2034 Jahren noch immer nicht abgeschafft ist, obgleich Weihnachten doch von allen als Lichterfest bezeichnet wird? Aber da kommt er mir wieder zuvor: »Haben Sie je darüber nachgedacht, was es heißt, wenn das Wort Fleisch wird?«

Diesmal beschleicht mich ein leises Grauen. Ich sitze jetzt sehr gerade auf der Bank und antworte auch hierauf wahrheitsgemäß: »Nein.«

Mir ist die Lust vergangen, dem Afrikaner auch den Rest meiner Geschichte zu erzählen – wie ich aus dem Hinterhof entwich, zu Kleidung kam und schließlich gemeinsam mit ihm in dieser Ausnüchterungszelle gelandet bin. Zu meiner großen Erleichterung öffnet in diesem Moment der Wachhabende die Tür der Zelle, um uns zu entlassen.

Beim Abschied gelingt es meinem Zellengenossen, mir einen Zettel zuzustecken, er flüstert, sodass der Wachhabende es nicht hören kann: »Wenn Sie nicht wissen, wohin, können Sie gern bei uns übernachten.« Dann verschwindet er schnell in den Gang, der zu den Bahnsteigen führt. Den Teufel werde ich tun, denke ich und sehe auf dem Zettel, den er mir gegeben hat, statt einer Adresse die dritte Strophe des Liedes, das mich seit gestern verfolgt:

Er wird ein Knecht und ich ein Herr;
Das mag ein Wechsel sein!
Wie könnt' es doch sein freundlicher,
das herze Jesulein!

Ich knülle den Zettel zusammen und verwünsche und verfluche jetzt endgültig diese skrupellosen Werbefirmen, die nicht davor zurückschrecken, ihre potenzielle Kundschaft mit persönlichen Betreuern sogar bis in eine Ausnüchterungszelle hinein zu verfolgen. Ein Gutes aber hat es, dass der Schwarzafrikaner in Wahrheit nur ein Zeitarbeiter war: Ich bin noch am Leben.

Unter Krippenspielgangstern

Seit zehn Tagen bin ich nicht im Büro gewesen.

Ich habe mich nicht mehr hingetraut, seitdem ich dort mein letztes Hemd gelassen habe. Unrasiert, ungewaschen, so kehre ich zum Helmholtzplatz zurück, wo mich die schicken Geschäftsleute abfällig mustern. Der rote Mantel, den mir die Caritas mitgegeben hat, ist nicht zeitgemäß, so was trägt kein Mensch mehr.

Ich schleiche in den Innenhof, in der Hoffnung, dass sich einer meiner Mitarbeiter im Büro aufhält, und wirklich, das Büro ist hell erleuchtet, die Tür bloß angelehnt, ich trete ein – und bleibe im dunklen Eingangsbereich stehen. In meinem Chefsessel sitzt, ich hätte es mir denken können, der Weihnachtsmann. Er lehnt sich zurück, die

Schuhe auf dem Tisch – meine englischen Lederschuhe, wie ich sehe, und er trägt auch meine Hosen und mein Hemd –, und telefoniert mit einem meiner ältesten Kunden. »Ich grüße Sie, Herr Schlüter, hier ist ›Der wahre Geist der Weihnacht‹, die Agentur vom Helmholtzplatz … Neuer Name, sagen Sie? Das ist richtig: Neuer Name, neues Management, wir möchten das Rad ein bisschen zurückdrehen. Weihnachten ist nicht mehr das, was es mal war!«

Unsinn, denke ich, der Schlüter war noch jedes Mal zufrieden, wenn ich ihm pünktlich zum Fest eine Frau besorgt habe. Trotzdem scheint Schlüter auf den Cold Call des Weihnachtsmannes einzugehen. Denn der Weihnachtsmann nickt ein paarmal und trifft eine Verabredung, um zu »checken, was Sie sich unter einer richtigen Weihnacht vorstellen. Nein, keine Angst, Herr Schlüter, wir wollen das Rad nicht neu erfinden. Welches Rad, fragen Sie? Das ist doch nur bildlich gesprochen, und, na gut, wenn es sein muss, kriegen Sie auch die Frau zum Fest.«

Verärgert legt er auf: »Schwieriger Kunde!«

Einer der beiden Männer, die vor ihm sitzen, nickt. »Der Schlüter is 'n Opfer.«

Ich denke, Mensch, Tibor, wie oft habe ich dir gesagt, dass heute kein Mensch mehr »Opfer« sagt, und

obwohl ich Tibor und Moritz nie für besonders schlau gehalten habe, überrascht mich, dass sie diesem Weihnachtswindbeutel so einfach aufgesessen sind.

»Wir müssen den Kunden unsere Philosophie vermitteln«, sagt der Weihnachtsmann, dem mein blaues Hemd übrigens sehr gut steht, das muss ich ihm lassen. »Weihnachten ist Kommerz geworden wie alles andere auch, wir müssen die Leute fragen: Was ist eigentlich das Besondere an Weihnachten?«

Höhnisch lache ich in mich hinein. Die Idee, dass Weihnachten zu kommerziell geworden ist, ist so alt wie das Fest selbst. Coca-Cola hat den Weihnachtsmann erfunden, heißt es immer – und ich habe Tibor und Moritz eingeschärft, dass schon Bethlehem reinstes Eventmarketing war, sonst hätte man die Heiligen Drei Könige und den Ochsen auch weglassen können. Trotzdem beschäftigen sich die beiden ausgiebig mit der USP-Frage.

»Weihnachten ist Liebe«, sinniert Tibor. »Weihnachten ist Stress.«

»Weihnachten ist eine Herausforderung«, sagt Moritz und zitiert aus

U.S.P.
GROSSE PARTY
GRILLBUDEN
SHOWEINLAGE
FLATRATE-GLÜHWEIN

unserer Broschüre *Weihnachten – Risiko und Chance*: »*Wussten Sie, dass die Selbstmordrate an den Festtagen um vierzig Prozent steigt?*«

Der Weihnachtsmann nickt, steht auf und wirft mit seinem Telefon ein paar Bullet Points an die Wand: »Wir müssen dem Herrn einfach zeigen, dass die Menschheit zusammenhält, sonst streicht er das Fest. ‚Ich stelle mir eine große Party vor mit Punkt eins, Tausenden von Menschen, Punkt zwei, ein paar Grillbuden, und Punkt drei, einer hochprofessionellen Showeinlage. Und wenn sich dann, Punkt vier, der Herr gnädig zeigt«, er wirft einen andächtigen Blick Richtung Zimmerdecke, »dann wird auch wieder Schnee fallen, und dann holen wir die alten Heizpilze aus den Kellern und verkaufen Flatrate-Glühwein – und alle sind willkommen.«

»Alle?«, sagt Moritz erschrocken. »Auch die Problemrentner aus dem Wedding?«

»Alle«, bestätigt der Weihnachtsmann, und endlich stellt Tibor die Frage, auf die ich gewartet habe: »Und was wird der Chef sagen, wenn wir alles neu machen?«

Der Weihnachtsmann wiegt den Kopf hin und her: »Ihr wisst, dass der Herr ihm eine faire Chance gegeben hat«, wieder der Blick nach oben, »nur war er der Aufgabe nicht gewachsen. Heute früh hat ihn ein Kollege in der Ausnüchterungszelle gesehen, und ich habe das blöde Gefühl«, er bekreuzigt sich, »dass er hier gar nicht mehr auftauchen wird.«

Plötzlich ist mir alles klar: zuerst der falsche Weihnachtsmann, der mich nackt aus dem Büro jagt, dann die schwangere Frau, die mich

in eine Bar einlädt und ganz betrunken macht, dann der Afrikaner in der Zelle, und schließlich der alte Sechssitzer, der mich am Ostbahnhof fast überfahren hätte, wenn ich mich nicht zur Seite gerollt hätte.

Keine Frage, ich habe es mit einem skrupellosen Betrügerteam zu tun, das es auf meine Firma abgesehen hat, und ich tippe auf das Minivan fahrende Krippenspieldarstellermilieu, aus dem heraus immer wieder welche versuchen, in anderen, renditestärkeren Weihnachtsbranchen

Fuß zu fassen: der Weihnachtsmann, die Jungfrau Maria, der König Caspar aus dem Morgenland – fehlt nur noch, dass mich ein Ochse über den Haufen rennt.

Ich überlege, ob ich dem Schaustellerprekariat die Stirn bieten soll, gleich hier und jetzt, doch kommt mir der Mime zuvor. Er sagt: »Ich mache noch ein paar Kundenbesuche«, murmelt: »A face on a lover with a fire in his heart«, erklärt: »Die Weihnachtsgeschichte von Dickens« und greift sich meine Burberry-Jacke. Rasch schiebe ich mir die Kapuze

ins Gesicht, drehe mich weg und umarme den Kleiderständer. Der Weihnachtsmann eilt achtlos an mir vorbei.

Unterdessen haben Tibor und Moritz das Gespräch wieder aufgenommen. »Glaubst du, das ist der echte Weihnachtsmann?«, fragt Tibor.

»Glaube ich nicht«, sagt Moritz, »das Zitat

eben, das war gar nicht Dickens, das war *Last Christmas* von Wham!, aber recht hat er trotzdem: Weihnachten ist nicht mehr das, was es mal war.«

»Ist halt ein Business geworden«, sagt Tibor, und Moritz fragt nachdenklich: »Aber erinnerst du dich an früher, als der Chef noch der Alte war?«, und mir wird klar, dass ich mich tatsächlich verändert habe.

Irgendwann mal habe ich die Agentur gegründet, um in unserer individualisierten Wohlstandsgesellschaft etwas Gutes zu tun – für die Singles und Alten, für die Waisen und Witwen, für die geschiedenen Einzelkinder der Alleinerziehenden, kurz: für alle, die zumindest einmal

pro Jahr nicht für sich bleiben wollen. Aber dann ist es mir gegangen wie so vielen Idealisten, die ihr ursprüngliches Anliegen aus den Augen verlieren – den Flüchtlingshelfern zum Beispiel, die alle Reiseunternehmer geworden sind, weil sie die Infrastruktur und die Kontakte haben, oder den Menschenrechtlern, die Gefängnisse bauen, liebevoll ausgestattet natürlich, mit Fernsehern und Frotteehandtüchern.

Da also ergreift mich eine derartige Zuneigung zu meinen Mitarbeitern, die unsere Core Values nicht vergessen haben, dass ich mit Tränen in den Augen aus dem Versteck stürze und krächze: »Tibor, Moritz, ich muss euch sagen …«, und abbreche, weil ich ihr Entsetzen

bemerke. Sie weichen in das Hinterzimmer zurück. Dort höre ich eine Tür schlagen, dann Stille.

Ich spähe aus den Fenstern, hoffe, im Dunkel des Hofs ihre fliehenden Schatten auszumachen, stattdessen sehe ich mein Spiegelbild, und so wunderlich es klingt – Tibor und Moritz müssen mich, mit Vollbart und Mantel, für den echten Weihnachtsmann gehalten haben.

Und dann fällt mir ein: Verdammt, noch eine Woche bis Heiligabend. Eine Bande von Krippenspielgangstern will mich um die Ecke bringen, und meine langjährigen Angestellten sitzen dem falschen Weihnachtsmann auf. Ich habe kein Geld, keinen Hausschlüssel, bloß diese Verkleidung, die allerdings – das ist in der Reflexion deutlich – sehr authentisch wirkt. Doch müsste ich den Betrügern in ihrem eigenen Kiez auflauern, auf dem stillgelegten Rollfeld von Tegel, wo in Hunderten von Minivans die Subkultur des Dienstleistungsbetriebs auf Sperrmüll-Laptops Onlinepoker spielt und auf Aufträge wartet.

Eine unangenehme Gegend ist das, die kein Mensch ohne Not aufsucht. Da würde ich mich noch eher beim KaDeWe in der Spielwarenabteilung prostituieren und mir von Dreijährigen, die nicht mehr an den Weihnachtsmann glauben, die echten Barthaare ausreißen lassen, bevor ich nach Tegel gehe. So mache ich mich auf den Weg nach

Schöneberg, wo ich ein paar Tage im Personalbüro immer wieder aufs Neue vertröstet werde, bis mir ein junger Assistent schließlich erklärt, warum ich hier keine Aussicht auf Beschäftigung habe. »Sie sehen zu echt aus«, sagt er verlegen, »das macht den Leuten Angst.«

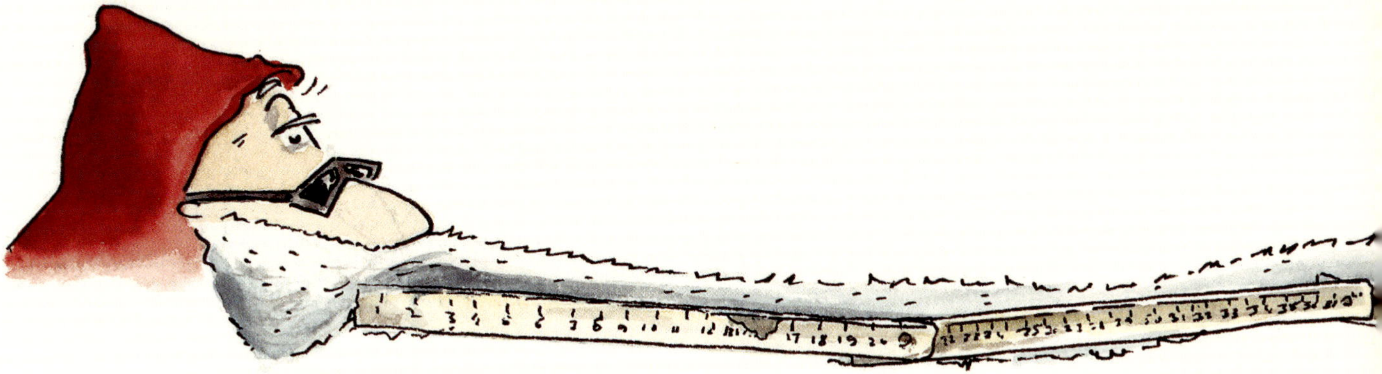

Nachglühende Herzen

Heute ist nun wirklich Weihnachten, genauer: der Heilige Abend; wie der 24.12. seltsamerweise ja immer noch genannt wird. Mein Bart ist inzwischen länger als der des sprichwörtlichen alten Witzes oder eben der, den alle Welt beim echten Weihnachtsmann vermutet, falls alle Welt noch glauben mag an diese Märchenfigur, deren miese Kopie vor einer Woche in meiner Agentur herumgesessen hat. Was bleibt mir schließlich übrig, als dem mutmaßlichen Feind, diesem halt- und arbeitslosen, Onlinepoker spielenden Kleinkünstler-Schausteller-Trickbetrüger-Gesin-

del, einen Deal anzubieten und mich auf die Strümpfe zu machen in Richtung Rollfeldbrache Tegel, zumal mich die Caritas nicht nur mit dem doofen roten Mantel, sondern auch mit einem Paar Frotteesocken vom Grabbel- oder Gabentisch der vorjährigen Saison sowie halbwegs passenden tannengrünen Tretern beschenkt hat. Zum ersten Mal seit Jahren habe ich in den Stunden vor dem Heiligen Abend Zeit – aber auch Druck, Zeitdruck also. Denn falls an dem Ultimatum was dran ist,

falls wir Weihnachtsversager wirklich ab 2035 das antifamiliäre Sommerfest »Einachten« feiern sollten, werde ich mich wohl nach einem anderen Betätigungsfeld umschauen, eine neue innovative Idee ausbrüten und dennoch alles geben müssen, um eventuell wieder Fuß zu fassen im kreativen Dienstleistungsbusiness.

Aber erst mal retten, was vielleicht nicht mehr zu retten ist: Weihnachten, den »Geist der Weihnacht«. Fragt sich nur, was bedeutet das schon – oder richtiger: noch? Wenn man die Wörter ein bisschen anders schriebe, ergäbe sich gleich ein ganz anderer Sinn; Achtung, Geister, Wein-Achten! oder Begeistert Wein achten! Oder: Den achten Weingeist achten! … Ich sehe mein künftiges Firmenlogo förmlich vor mir: Acht Flaschen, und drüber schwebt ein stilisierter Dschinn mit einer roten Zipfelmütze, der ganz entfernt an den guten, alten Weihnachtsmann erinnert oder an den ebenso alten, gar nicht guten Deutschen Michel.

Weit bin ich gelaufen, so tief in Gedanken; da vorn ist der U-Bahnhof Schwartzkopffstraße, hinter dem der Wedding beginnt, dem sich Tegel anschließt. Auf der Baustelle links, dort, wo einst ein Walter-Ulbricht-Stadion gewesen sein soll, und der Bundesnachrichtendienst, peinlicherweise gebremst von einem Finanzskandal staatskrisenhaften Ausmaßes, seit Jahren an seiner neuen Hauptzentrale bauen lässt, ragen verlassene Kräne still und finster in den Nachthimmel, der über dem Leopoldplatz allerdings rötlich leuchtet.

Und wie ich näher und näher komme, erblicke ich eine große Menschentraube, alles Greise, sicher an die zwei-, dreihundert, versammelt um ein mächtiges Lagerfeuer, das vermutlich keine anderen als sie entfacht haben, mitten auf dem Leo, gerade vor der Nazarethkirche! Und mir entgeht auch nicht, dass sich vier rüstige Greise gegen den lautstarken Protest einiger ihrer Sitzgelegenheit beraubten Penner die letzte Parkbank schnappen, die sie dann mit Schwung und der Hilfe anderer Veteranen in die lustig auflodernden Flammen schmeißen.

Weil mir kalt genug ist in dem ungefütterten roten Mäntelchen, lenke ich meine Schritte zum Feuer – und werde mit ausgebreiteten Armen empfangen von einer vollreifen, zahnlos lachenden Frau. Sie steht hinter einem riesigen Kessel, dessen dampfender Inhalt betörend nach Zimt und Alkohol duftet. Die Alte lässt ihre Arme sinken, taucht ein Henkeltöpfchen in den Kessel, reicht es mir gut gefüllt, drückt einen Poststempel auf den Rücken meiner fest um das Töpfchen geschlossenen rechten Hand und flüstert heiser: »Acht Glühweine, mit Asbach, für jeden, und jeden Abend über alle drei Weihnachtstage! Das Abo ist unübertragbar, und der Becher hier, du Frischling, erst dein erster.«

»Was soll der Ungeiz«, frage ich. »Ist das ’ne Werbeaktion für Billigrotwein im Tetrapack oder mal wieder Reklame für CDU/SPD?«

»Nee«, kontert sie kichernd, »das is Weihnachtsanarchie, genauer der Anfang davon. Den Grundstoff ham wir bei der Berliner Tafel akquiriert, fast ganz legal.«

Ich habe gerade mal an dem starken, süßen Gesöff genippt, als mir die nächste Alte entgegentorkelt; eingemummelt in ihr winterweißes Kopftuch zückt sie einen ölig riechenden, warmen Spinat-Börek und ruft: »Für dich. Brauchst nur bisschen mitzumachen bei uns Weddig-Sisters oder da drüben, bei gemischte Engelschor.«

Tatsächlich, auf den Stufen der Nazarethkirche haben sich etliche Gestalten zusammengerottet. Unter ihnen entdecke ich auch die ihrer Heimatbank verlustig gegangenen, mittlerweile dennoch recht angeheiterten Penner. Becher schwenkend grölen sie los, *La Paloma, Abschied ist ein scharfes Schwert, Nie mehr allein, He Joe, All you need is Love* …

»Das sind doch keine Adventslieder«, sage ich zu dem schwarzen Bruder rechts neben mir, den ich womöglich schon mal irgendwo gesehen habe, der mich jedenfalls an den Afrikaner aus der Zelle erinnert.

»Is wurscht«, erwidert der, »Hauptsache, wir singen. Das lieben die Götter, alle.«

Im Vorgefühl neuer Hoffnung und gerade deshalb verwirrt, trotte ich zurück zu der Glühweinfee, lasse mir mein Kontingent ausschenken und sieben weitere Stempel aufdrücken und denke, so gut durchgewärmt schaffst du die paar Kilometer bis Tegel-Randzone sicher auch noch.

»Kannst dich ja wieder herschicken«, ruft mir die Alte nach und winkt mit der Glühweinkelle. » Nu pass ma schön uff, dass du deine zweite Adresse nich verfehlst.«

Ich mache mich also schweren Herzens, aber doch irgendwie beschwingt vom Platze. Gern hätte ich meine Glühweinration gemütlicher eingenommen, gern wäre ich noch ein Weilchen geblieben bei

den netten Greisen; immerhin habe ich ja die Option auf eine Wiederkehr.

Im Gehen verputze ich den Rest meines Spinat-Böreks, und da hinterm Leo Ruhe herrscht, werde ich philosophisch. Warum, frage ich mich, während mein Profiauge die Fassaden beiderseits der ewig langen Müllerstraße ableuchtet, sind die Balkonilluminationen eigentlich umso verschwenderischer und, zugegeben, auch kitschiger, je trostloser die Gegend ist. Warum hauen diese Leute, die seit anno Schnee von Hartz 4 leben, für solchen Schnulli derart viel Kohle raus? Okay, bei Vattenfall kriegen die vielleicht Rabatt oder sie hängen schwarz am Netz, doch allein die Nadelbäume und die Lichterketten, die Neonrehe, die Kletternikoläuse …

Womöglich ist ja wirklich der ganze Kommerz schuld an der ethischen Verflachung jenes Rituals, das ursprünglich Christi Geburt galt? Sehr wahrscheinlich, durchfährt es mich beinahe stolz, hat nicht zuletzt meine Scheißagentur ihren dicken fetten Anteil am allgemeinen Werteniedergang. Nie hatten wir Hirten im Programm, keine Caspars, Melchiors und Balthasars, die auch richtige, von uns spendierte Geschenke dabeigehabt hätten, immer bloß Omas, Opas, Scheinehefrauen und -männer, getürkte Kinder aus der Dominikanischen Republik mit implantierten Minimalsprachchips. Der Fokus lag ganz klar auf Familie, Familie, Familie. Und was war mit der Botschaft? Gut, die schwedische Botschaft, ausgerechnet die, hat uns auch zwei, drei Mal gebucht …

Von wegen *in Tegel gibt's lockre Vögel*, wie es im alten Liede heißt. Kein Mensch nirgends, offenbar alle Luken, Kneipen, Anwohner dicht.

Es zieht mächtig am Rollfeld des ehemaligen Flughafens, der längst zu einer wilden Mülldeponie verkommen ist, weit und breit nichts, nur ein paar stinkig qualmende Abfallhäufchen. Aber dort, im Schutz der Towerruine, da flackern doch ein paar Glüh- oder Taschenlämpchen?!

Und jetzt erkenne ich am Nordrand des Rollfeldes, hinterm löchrigen, teilweise runtergelatschten Maschendrahtzaun, auch etliche meterhohe, halb lichtdurchlässige Wände, Planen wahrscheinlich, über die Schatten geistern, menschliche Silhouetten …

Ich stehe vor dem Einschlupf in eines der Zelte und zögere. Was will ich hier? Drinnen zupft jemand Gitarre, irgendetwas aus meiner Schulzeit, nicht besonders gut, nicht richtig schlecht. Ich höre ein Baby weinen und eine Frauenstimme beschwichtigend flüstern, bis das Baby wieder leise ist. Man muss mich von drinnen gesehen haben, denn ein Junge, etwa fünfzehn, barhäuptig und mit offener Wattejacke, schlägt die Zeltplane ein Stück zurück, grinst mich an, sagt: »Was is, du Opfer, willste dir noch lange die Beene in'n Bauch stehen?«

Also trete ich ein. Etwa dreißig junge und sehr junge Menschen sitzen ringsum auf Strohsäcken und Matratzen, trinken Tee aus Thermosflaschen, manche haben Laptops auf den Knien, manche schlafen, einer liest im flackernden Schein einer Stumpenkerze, Goethes *Wahlverwandtschaften*, wie ich eingeschüchtert feststelle. Ein kleiner blasser Bengel hält mir sein zahmes Tierchen entgegen. »Skandinavische Weißfußratte«, erklärt er, »heißt Elfriede und spielt gerne, mit jedem.«

»Pflanz dir hin«, sagt der, der mich eingelassen hat. »Willste Tee? Zucker ham wa nich …«

Die junge Mutter mit dem stillen, doch wachen, knopfäugigen Baby lächelt mir zu und ergänzt: »Bumsen auch nicht, aber Weihnachten, leider. In genau fünf Minuten«, fügt sie, auf ihre Armbanduhr blickend, hinzu.

Max, der Vater von dem Bengel, dem, wie ich nun erfahre, nicht nur Elfriede gehört, sondern auch deren einundzwanzig Kinder aus zwei Würfen, schenkt mir Tee nach und dann einen »prima aufgemöbelten« Laptop samt dreißig Euro Gratiseinsatz für »Big Interpoker«. Und weil ich nichts sage, fragt er mich, ob ich müde sei und ob ich »was zum Zudecken« brauche.

Nee, nee, denke ich und schnäuze mich verstohlen in den Saum meines Mäntelchens, die waren das nicht, die haben mir nicht dieses wattebärtige Schlitzohr, diesen Knecht Ruprecht oder Unrecht auf den Hals geschickt, die führen keine feindliche Übernahme im Schilde,

die brauchen keinen Weihnachtsladen für bezahltes Singleglück unterm PVC-Oh-Tannenbaum, und wenn doch, dann ist das jetzt auch egal.

»Ihr Lieben«, sage ich mit brüchiger Stimme, »ich hab nüscht für euch, nich mal mehr einen halben Spinat-Börek. Aber nun packt mal schnell eure Gören, Ratten und Klampfen ein, denn bei den Alten am Leo, da gibt's acht große Kellen Glühwein pro Nase und selbstgesungene Musik und ein Feuerchen, das brennt heller und höher als eure dort draußen, und es wird noch zwei Tage und Nächte so lodern und lange nachglühen in meinem frisch aufgetauten Herzen, bis … na, mindestens bis Ostern.«

Harald Martenstein ist Kolumnist der ZEIT und Autor beim *Tagesspiegel*, Kisch-, Nannenpreisträger und Romanautor, zuletzt *Gefühlte Nähe*. Der für seine spitze Feder berühmte Autor lebt in Berlin.

Jenny Erpenbeck veröffentlichte Romane, Erzählungen und Theaterstücke. Zuletzt erschien die Kolumnensammlung *Dinge, die verschwinden*. Die international bekannte Autorin gewann zahlreiche Preise, unter anderem den Doderer-Preis, und lebt mit ihrem Sohn in Berlin.

Konstantin Richter bereiste als Reporter für englischsprachige Medien die halbe Welt. Zuletzt hat er die Kulturgeschichte *Kafka war jung und er brauchte das Geld* veröffentlicht. Der Autor lebt in Berlin.

Katja Lange-Müller hat ein umfangreiches schriftstellerisches Œuvre vorzuweisen: Erzählungen, Hörspiele, Romane wie zuletzt *Böse Schafe*. Sie erhielt viele Preise, unter anderem den Alfred-Döblin-Preis. Die international bekannte Schriftstellerin lebt in Berlin.

Ute Krause schreibt und illustriert Bücher und verfasst Drehbücher. Sie ist interkulturell erfolgreich, stand auf der Auswahlliste des Deutschen Jugendliteraturpreises und lebt mit ihrer Familie in Berlin.

1. Auflage 2011

www.hoca.de
Umschlaggestaltung: katrinsteigenberger.de
Satz: atelier eilenberger, Leipzig
Druck und Bindung: Offizin Andersen Nexö, Leipzig
Printed in Germany
ISBN 978-3-455-38103-0

HOFFMANN
UND CAMPE

Ein Unternehmen der
GANSKE VERLAGSGRUPPE